果麦文化 出品

我们只是偶然碰上了

海桑 著

舒然 绘

四川文艺出版社

写在前面的话

十多年前写下的我和女儿的日常生活，就放在这了。

当然不是诗，虽然有些篇章，无意间排列成了诗的样子；也不是散文，甚至连随笔也算不上，不过是些言行、物事与感受，当时觉得好玩，便记录下来，如此而已。

不是育儿经。绝对不是。当时年纪轻，第一次当爸爸，哪有什么经验可谈，而且，即便让我再当一次爸爸，也不敢说就能做得好到哪里去。

早年间这些散珠似的日子，几乎忘却了，如今问及女儿，她更是全然不记得。这些文字，就算是一种对记忆的打捞，片断地再现了当时的场景。虽然这些最初的宝藏，对女儿来说，简直是完全陌生、与己无关的，仿佛是一个故事，发生在另一个人身上，然而我还是固执地相信，这些断了线的珠子，一定埋藏在她心中更深更幽暗的水域。果然这样，打捞并晾晒它们，然后捧在手心，便是有点意义的。

还真想死一回呢

刻着名字的木头床，上面的一个小人儿，听完了《白雪公主》，一翻身，趴在了我的脸上。

"爸爸，你死吧。"

"哦？"

"你死了，我亲你；我亲你，你活了。"

"哦。"

盯着你雪白的小脸蛋，不由得想：有时候，还真想死一回呢。

画眼睛

槐树底下，随手捡了一块石头，在地上，我画了一个三角形。

理所当然地，你给它画上了两只大眼睛。

给我生只小狗吧

你看见了一只小狗，小狗也向你跑过来。

你蹲下小身子摸它，它摇起短短的尾巴。

半天你才仰起了脸，像是恳求，又仿佛不抱希望，说——

"我不要弟弟也不要妹妹，

给我生只小狗吧！"

有字天书

　　学着我的样子，你也开始写字了。

　　你的"字"也是一个一个的，成独立的个体，而且一行行排列得几乎整齐，完全不像你平时画的画。

　　我自然不能懂得你的天书，便问你写了些什么。已经会说话的你却用了另一种胡编乱造的声音叽里咕噜了一阵子，算是对自己作品的朗读。

　　你一脸严肃，仿佛在说，你是认真的。

　　却把我阻挡在一个神奇的世界之外。

以后再也不敢了

　　逛园里，走到了厕所前面，你问臭不臭，我说臭。

　　你决定留在外面等我。

　　这是你第一次主动离开我的视线，我也想试一试你的胆量。

　　但是我怕。有人，我怕；没人，我怕。

　　于是，我们俩一个里面一个外面，有一句没一句地对起话来。

　　时间过得可真慢啊。有生以来，这是我在厕所里待得最久的一次。

　　匆匆地，我从厕所跑出来。以后再也不敢了。

造字

床头的挂图上面，有个娃娃在哭，小脸的两边各有一滴泪，旁边写着汉字——哭。

我说："你看，'哭'字中间的一点，像不像一滴泪呢？"

你反问我："怎么不是两边两滴呢？"

小时候

　　一束细窄的阳光射进昏暗的地下室里。

　　你看见了你的学步车，告诉我说，那是你小时候用过的。

　　仿佛两岁就已经长大成人，仿佛你的小时候，也是很久以前的事了。

同情

动画片里的小象哭了，你也流出了眼泪。

两岁半的你，第一次，为了别人的伤心而伤心。

你小小的身体里生出了一颗同情的心。

今天不是为明天准备的

呆呆地望着你，突然想——

童年不是为成年准备的，至少并非全然如此。

今天不是为明天准备的。

你也不是为我准备的。

每一件事物，无论宏大或渺小，

都自有其独立自在的价值。

气球

　　不是一个，不是两个，是一大堆，一大堆五颜六色的气球，从老城的胡同里飘出来，一下子，就捉住了你。

　　一把细线，胡乱地抓在一个男人的手里。他灰头土脸的瘦，让我担心，随便来上一阵小风，那些气球就能将他带到天空里去。

　　老半天你才仰转过脸，看我，又看我，把一句话咽了两次。大概是猜到我又要说了，说咱家的天花板上还飘着俩气球呢。是说了好几次了，我还说，那顶着天花板的气球，拖着细细的尾巴，多像两只春天的蝌蚪，咬着平静的水面。这样说着，仿佛我们一家三口，就住在龙王的水晶宫殿里了。

明天的幼儿园

连着几个晚上，你一直在问："明天做什么？"

或者问："明天上不上幼儿园？"

有时还试探着说："要不，明天上幼儿园吧。"

就刚才，我躺在你的身边，听你一个人自问自答地

咕哝起来：

"明天上不上幼儿园？不上。

后天上不上幼儿园？不——上。

昨天——上不上——幼儿园？不——"

不知什么时候你睡着了。

性别

"你怎么知道爸爸是男的，妈妈是女的？"

"爸爸头发短。妈妈头发长。"

"还有呢？"

"妈妈戴眼镜。"

不哭了

　　自从上幼儿园以来，这是你第一次早上醒来不哭。

　　不真哭，也不假哭，也不问今天去干吗，而是自己
对自己说："妈妈去上班，我上幼儿园。"

　　只是那声音里，我听出了太多无奈。

结

正午明亮的阳光里。

看见了花车，看见了新娘子，看见了新娘子的婚纱。

你上前去摸人家的衣裳，转身对我说：

"长大了，我也结婚。"

"和谁？"

"和爸爸。"

我相信，你并不了解什么是"婚"，但一定是懂得了"结"的意思。

一个结，两个结，千千结，都在人心里。

小画家

你会走了，能跑了，也开口说话了，你拿起铅笔、蜡笔、圆珠笔，开始在房间的墙壁上胡写乱画了。

起初的时候，我是真有点舍不得我的白墙。我的墙上什么也没有，白得干净，像妻子的脸。当真被当作画布，即便由你这么伟大的艺术家亲自来创作，仍叫我心疼。可我终究未能让白墙保持住它的白，你的灵感那么多，我只好决定放弃扼杀一个艺术家的努力。

你成功了，我的白墙成功了。但这还不够，还远远不够。如果谁无意间在我的手腕上发现一块手表、半个月亮或者一条船，是不必奇怪的。没有人知道，我的肚皮上正卧着一只青蛙。可我也并非全由着你的性子来，今天一早，你坚持要为我画上一副眼镜，我却正要出门，只好把你给严词拒绝了。

打针的游戏

你要和我玩打针的游戏。

我说好。

我把屁股给你。

你拒绝隔着裤子打针。

我自己扒掉裤子，把光的屁股给你。

我们假装得很认真，高兴得像傻子似的。

除了窗口射进的阳光，这件事只有我俩知道。

沉浸

不管是拨弄捡来的玩具，或是翻看凌乱的书本，只要你独自玩得高兴，我都不敢去打扰你。

很远的地方

"死了，就是到一个很远的地方去。它太远了，活人走不过去，死人走不回来。如果想念了怎么办？那就只好想念了。想念，却无法再看见，再听到，再摸着。"

你一脸茫然，什么也没有说。我这样回答你，是不是有点狠心了。

吃药打针也救不活

　　你问图片上的一具骷髅，我说人死了就会变成这个样子了。

　　然后你说那具骷髅是坏蛋。

　　我说，好人死了也是这个样儿。

　　我又说，坏人会死，好人也会死，我也会死，你也会死。

　　你问为什么，一副不愿意的样子，却又仿佛听懂了似的，叹了口气，说："吃药打针也救不活。"

反穿

你的内衣和袜子都是反着穿的，这是你妈妈的好主意。说是这样一来，就没有线头和毛边扎疼你的皮肤了。

布娃娃

你的布娃娃是有生命的。

它会哭、会闹、会尿床。

你这样说了，它就变成这样了。

我只是个爸爸

和你一起玩耍，也有很累人的时候，我无法长久地假装生活在你的世界里。

你津津有味的东西，我有时感觉枯燥。没办法，我只是个爸爸，作为玩伴和朋友，我并非最好的。

所以，我更愿意让你和同龄的孩子一起游戏，我只是看着你们。

看着你们，我走不进去。

创世纪

你的数字和汉字也是画出来的。

你画的房子和动物，可爱得简直不成样子。

世界万物都是从笔尖流出来的，带着颜色和气味。

你用画笔，创世纪。

汽车放屁了

说汽车放屁了，水管尿尿了。

你甚至问我房子会不会厕屎。

吸溜~

吃饭的时候

吃饭的时候，必须用兰花的筷子，花猫的碗。

吃面条，面条必须长到可以吸溜。短面条，不好吃。

病终于好了

病终于好了。

多吃了两口饭，多喝了两口水，你妈妈就高兴得跟什么似的。

冷不丁地，她突然说，妮儿今天屙的屎可真好呀！

三岁以前的事

　　三岁以前的事，大约是没有多少记忆的，但是三岁以前，假如不是和人生活在一起，不是每天听人发出奇妙的声音、观察人做出莫名的动作，没有人的搂抱和抚慰，人，大概就是断裂的。

　　三岁以前的事，长大后，就够不着了，而遗忘了的一切，结结实实，曾塑造过我们。

重逢

　　足足地，有两个月不曾见了。

　　你看见了我。你飞过来，你扑在我脸上那个亲呀，一口两口三口，把我都亲成一朵花了。

　　妻在后面边跑边喊，哎呀哎呀，你爸爸脸上都是灰土呀。

　　我不高兴了，白了她一眼，说我的脸还没消毒呢。

说谎

　　我蹲在树下给洹河照相，你探过头来问："水这么黑，照出来为什么是蓝色？"原来是照片说了谎，它掩盖了真相，尤其是当我变换角度，想把照片照得更美的时候，我和它一起说了谎。

想哭

　　你说，在幼儿园里，《回家》的萨克斯一响，你就想哭。

不知怎么又说到了死亡

不知怎么又说到了死亡。

这一次，你要杀掉全世界。

我说，那好吧——

杀，就先从我开始，然后是妈妈、姥姥和姥爷，以及所有的亲人、朋友、陌生人，还有小狗、小猫、狮子、大象，还有开花的树，带香味的草。然后你早上醒来，窗外没有一丝声响；你走在大街上，没有一辆车，没有一个人，连路边的大树都枯死了。你走进一座大楼，里面空荡荡的，只有你的呼吸和脚步声。你来到田野，没有庄稼，没有花草，没有小鸟和虫鸣，只有风。你回到家里，只有你和你的影子，你得自己给自己讲故事，然后搂着被子睡觉，连你的梦里也没有人，没有会动的生命……

你的泪再也忍不住了，你说要让所有活着的都好好活着，想怎么活，就怎么活。

还有它

　　我正跪在地上给花儿们照相，阳光更加明亮起来。

　　青嫩的草地上面，红的和黄的花朵，都是我的女儿，那树下凋落的玉兰也一样可人，不给我半点伤感。

　　今天，我就是春天。

　　毫不奇怪，那么多的花儿我并不认得，就已经爱上了它们。我跪在地上为它们照相，一朵、两朵、三朵。

　　你捡起一片虫蛀的叶子说，还有它。

一 只 小 虫

一只小虫飞过来，落在我的胳膊上。

它圆鼓鼓的，小而且胖，算不得好看，却是别样的可爱。

你刚要说话，我连忙摇头，一起看虫子沿着我的手臂，向上爬，目中无人地向上爬；最后被我轻轻一吹，掉落在地上，随即飞走了。

海棠花瓣

　　轻盈的海棠花瓣，白里透着粉红，清风吹起，飘飞如雨，直教人如在梦中，舍不得醒来。

　　你早已忘了要去蹦蹦床的事，恨不能收集起所有的花瓣，一日三餐，把它们当饭吃。

学羊叫

你不羡慕别人家里有汽车。

你羡慕别人家里有绵羊。

你学大羊叫，学小羊叫；小羊停下来抬头看你，大羊却继续吃草。

你把双手放在地上，学小羊叫，一直学小羊叫，小羊挪动身子想靠近你，又有点胆小。

香味

傍晚的时候，摘下一枝合欢叶，就放在水瓶里好了。

第二天看时，原本合拢了的叶子舒展开来，大概是看见阳光了吧。

如此一直到第四天，叶子才不能在早上张开，在晚上合拢。它枯萎了。是离开大树的时间太长，大树忘记了它，阳光也无能为力了。而和它一起被插进水瓶的那枝野花，虽然也一样凋零，细细地闻，香味却还在。

你问我，我一时不知如何回答，就随口说，好比一个人死了，他的名声还在。

名声？哦，那个人死了，大家都说，他可是个好人呀！大概就是他的香味了。

孔雀园

　　一次又一次，到那个叫孔雀园的地方去。

　　那里的孔雀不怕人，小孩子似的追撵着你，从你的手心啄食吃。

　　那里的孔雀不是被关在笼子里的，虽然抬头细看，确有一张稀疏的大网罩住了整个园子，然而透过它，毕竟能看见树木和天空，便不觉有被锁闭的憋闷。

　　除了孔雀，园子里还有别的飞禽和小兽，火鸡便是其中之一，也是你屡屡用脚踹开的一种。你不喜欢它们，说它们不漂亮，不给它们东西吃。我也不喜欢这些丑陋的小东西，但是吧，总也得分给它们一些好吃的才是正理。肯定有别人喜欢它们的，至少有它们的伴侣和儿女，当然，还有上帝。

名字

你一边飞跑，一边回头。

"叫我阳光吧。"

我在后面追赶着，假装撵不上。

"阳光，等等我！"

可是，可是，

笨笨，臭臭，猪猪，屁屁，

都是你给我起的好名字。

属海豚的小女孩

并没有见过大海，
你决定属一回海豚。
已经属过两次猫了，
一次白，一次黑。

信

　　一格一格的，你画了很多奇怪的东西，说是写给我的信，然后叽里咕噜念起来了。

　　全都是天外之音。

生了这么多

你指着你的小熊、小猴、小乌龟，你说都是你生的。

死亡练习

在床上疯玩了一阵，终于累了，安静了，也有点瞌睡了。

冷不丁地，你却说：

"爸爸，你假装死吧。"

"要死就真的死，干吗假装呢？"

"那你就真的死吧。"

"我可要真的死了啊。"

"真的就真的。"

"这可是你说的，可别后悔呀。好，好了，现在——我——死了——我真的死了——我的眼睛——闭上了——心跳——没有了——我的呼吸——停止了——你再也喊不醒我了——女儿呀——用你的小手——捧一把土——埋了我吧——"

我断断续续地说着，眯缝着眼，瞄见你的眼里竟浸满了泪水，马上就要哭出来了。

我慌忙翻身抱起了你，让你的脸蛋、我的脸蛋，紧紧贴着。

鱼都被淹死了

去看麦田。

田边有条水沟，里面流着黑的水。

你很兴奋，问里面有没有鱼。

我说水太脏了太臭了，鱼没有办法活。

你说，鱼都被淹死了。

偶然碰上了

　　"你看，爸爸除了喜欢你，还有许多别的人和事要去喜欢。你不能白天黑夜把我的时间都占了，总得多少给我留一些。有时候，我喜欢一个人待着。"

　　你一脸好奇地问："一个人待着做什么？"

　　"一个人的时候，什么都可以做，也可以什么都不做。也许就只是一个人发发呆。"

　　"我不想一个人。"

　　"你是你自己的，我是我自己的，我们只是偶然碰上了。"

　　你没有听懂，也没有反驳，只是好久没说话。

拔萝卜的故事

拔萝卜的故事很有名，小朋友们都听过。

小耗子拉着小花猫，小花猫拉着小黑狗，小黑狗拉着小姑娘，小姑娘拉着老奶奶，老奶奶拉着老爷爷……

那么，老爷爷拉着谁呢？

对，老爷爷拉着大萝卜。

那么，大萝卜拉着谁呢？

我说呀，大萝卜拉着泥土，泥土就是大地，大地就是地球。

那么，地球又拉着谁呢？

也许可以说，地球拉着太阳，太阳拉着地球，在跑，转着圈跑。

抛到天上去了

往天上抛皮球，逗着你玩。

一次比一次高，每一次都落下来。

最后一次，我动用了洪荒之力，狠命一抛。你仰着头，仰着头，久久地，它一直没有落下来。

你一脸的惊诧。看看我，看看天；看看天，看看我。

我一只手背在身后，忍着笑说，这一次，抛到天上去了。

然后我蓦然想到，或许人造卫星也是这样被抛到天上去的。

这样想着想着，手里捏着那只皮球，久久没有拿出来。

这只脚多高兴呀

你拨弄着你的小脚丫，说：

"爸爸你看，这只脚多高兴呀！"

小妈妈

　　"现在我当妈妈你当孩子吧。"

　　我说好。

　　"妈妈——"

　　"哎——"

　　"妈妈——"

　　"哎——"

　　一路上就这样调换了角色，你很认真地照顾着我。

　　我就想啊，等我哪天变成了个小老头，肯定管不住自己的胡子，它抖动得一定很厉害。

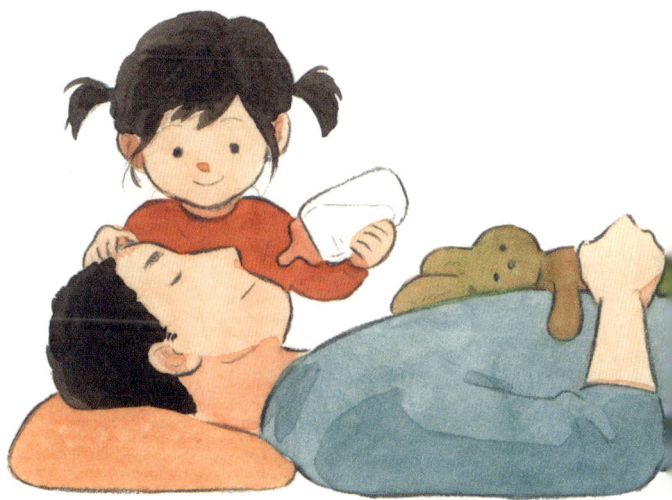

欢喜

一颗糖果，你不仅喜欢里面的甜，外面那层彩色的糖纸也喜欢。

你舍不得丢掉。你揣进口袋。

一片树叶有时也是宝贝，树上掉落的种子也要带回家。

在家里经常玩的也不是什么正经玩具，杂七杂八的，都是你的欢喜。

吃云彩

天上的马，就叫天马。

它们吃什么呢?

吃云彩。

白马吃白云彩，黑马吃黑云彩。

动心

　　一堆沙土，能玩上半天；一盆肥皂水，就是奇妙的世界。

　　那一盆的泡沫，溢出来了，溢出来了，连我看了都动心。

花盆空了

　　一个小芽从花盆里拱出来，低着头，弯着脖子，但生机勃勃。

　　小芽的头上，还残留着未曾脱落的种子的皮，皮上还沾着厚厚的泥巴，但生机勃勃。

　　我说别管它别管它，但我的嘴还是没有妻子的手快。

　　泥块被剥掉了，残留的皮也被剥掉了。

　　第二天看它，它死了。

　　我白了妻子一眼，你也白了她一眼。

　　花盆空了。

吃花瓣

几棵紫玉兰，错落地站在一片草地上。

紫红色的花瓣深深浅浅，零星地散落在青草丛中，直引得你去拾捡。

玉兰花瓣温厚而且柔软，你卷起来做成夹心面包，叫我假装吃。不料我真的咬了一口，惊得你直叫唤。

然后我们小口小口地吃，试探着吃。花瓣的水分很大，几乎没什么味道，细细品来，比青草的气味还要淡些。你再三要求多吃一点，我没有把握，担心我俩真的成了神仙。

我睡不着了

　　你又一次让我装死。

　　我坚持要真死。

　　你同意了。

　　于是我死了。

　　直挺挺躺在床上，躺在你身边，我死了。

　　你喊我。我死了。

　　你拍我的脸。我死了。

　　你拨我的眼皮，摇我的身体。我还是死了。

　　你开始哭。我忍着。

　　你连声大哭起来。我仍然没有活过来。

　　我狠心地想，游戏既然开始了，不如索性做得痛快些。

　　你妈妈闯进来，骂我神经病，捶我打我了。我仿佛不会疼，终于迷迷糊糊醒过来，再看你时，你已经泪流满面了。

　　我恍恍惚惚地问，到底发生了什么，我这是去哪儿了，我是死了还是活着，好像听见谁在哭我……

你扑在我身上，抱我，像是抱着会突然消失的宝贝，在我的脸上那个亲啊，几乎吃了我。

这件事让你妈妈很生气，我也不敢肯定自己是不是做得过分了。

午休的时候，你自个儿醒来，趴在我脸上亲了一口，翻身又睡去了。我愣愣地瞪着两只大眼睛，睡不着了。

好人

　　"爸爸，野鸭子为什么不游到这边来？"

　　"是害怕我们捉住它。"

　　"我们是好人呀。"

　　"它不知道我们是好人吧。"

　　"它要是知道就好了。"

　　"它要是知道我们是好人，游到我们这边来，你打算怎么办？"

　　"捉住它。"

穿了裙子睡觉

睡觉之前，妻子竟拿出一条花裙子来。

你见了，嚷嚷着要穿，马上穿，非穿不可。只好穿了。

穿了却害羞，害羞了仍跑到镜子前面去照，照了还忍不住笑，笑着跑回来，又跑过去了。

最后，竟想出个要穿着裙子睡觉的好主意。

雨天也是好天气

下雨了，不必盼着它停下来。

下雨的时候，你也央求出去玩耍，有雨伞呢。

雨天也是好天气。

小螃蟹

山里小住，给你带回几只小螃蟹。

三天后，我开始说小螃蟹想家了、想妈妈了，说小螃蟹喜欢的不是高楼大厦而是溪水和石头，说我们的家不是它的家，说如果想家想得狠了，时间一长就死了……

终于，我们决定去放生。

把这些小东西从塑料袋里倒出来，它们便争先恐后奔向了水。

你说过几天再来看它们。这句话，你说了三遍。

放生

湖边的石凳上面，燃了一炷香，味道好闻。五六个穿着僧衣的老太太正绕着它转圈，口里念诵着经文，呜呜呀呀是不必让人听懂的。旁边备着的一小车活鱼，该是她们从市场上买来，用来放生的。

"都是命啊，逃生去吧，阿弥陀佛。"

一边将鱼倒进湖水，一边念叨，旁若无人的样子，谁也不敢怀疑她们的虔诚。

不远处的柳荫底下，几个背了鱼竿的人正嘻嘻哈哈地经过。你顺手抓起半截柳条，一本正经地钓起鱼来。

你陪我

你还不到四岁，我们之间关于死亡的探究却一直进行着。

大树会死吗？会。

小瓢虫呢？会。

凡活着的都会死，也都在死去的路上活着。可我说不好一块石头会不会死。如果它是活的，就会死；如果它不是活的，它已经死了。有一天，你也会变成个老太太，这件事一定要发生的。那时侯，我早已躺在地下，变成了土，你亲我也没有用，因为我不是吃了毒苹果，我是吃饱了时间，就死了。

你挨我挨得更近了，说："你陪我。"

一只瓢虫

　　一只瓢虫落在我的眼镜上。你说瓢虫瓢虫，我说哦。

　　瓢虫沿着眼镜腿一直爬到耳根，把我弄痒了，我也不动。直到你拽着我蹲下身子，趴在我脸上一吹，瓢虫才飞走，我们才继续赶路。

一只蝴蝶

　　一只蝴蝶，好几次落在你的鞋子上，欢喜得你不敢走动，不敢说话，生怕吓跑了它。

　　你说，是因为你鞋上有朵漂亮的花。

　　我说，是因为你身上的香味呢。

信马由缰

　　我们一起列举交通工具，你一言我一语的。

　　从飞机到火车到轮船，从大马到毛驴到两条腿，最后说到了云朵与仙鹤，我俩都有点腾云驾雾了。

生生不息

瓢虫会生孩子吗？

会。

蚂蚁会生孩子吗？

会。

月亮会生孩子吗？

……

颜色与善恶

　　鱼缸里的两条金鱼，你说那条黑的是男的，红的是女的。

　　你以颜色来区分性别，将好看的归为女性，不好看的归为男性。

　　今天早起，你问我妖怪会不会尿尿，我说会，你便断定那妖怪的尿是黑色的。

西瓜虫

开始的时候，你只敢用草棒去拨弄西瓜虫。

见我让这个小东西爬到了手上、胳膊上，甚至脸上，竟一点儿也不惊恐，甚至有得意的神色，你的胆子慢慢大了些。

最后，我捉住一只，做出往嘴里送的样子，立马被你阻止了。你着急又认真地向我解释为什么西瓜虫不能吃，以及吃了会怎样。我不听话，假装送进了嘴里，并做出难以下咽的表情。

哇的一声，你哭了。

我给你做个梦吧

一个故事听了十几遍，还要听，真叫我消受不起。

要不我给你做个梦吧。

于是，我假寐，你等待，然后我信口开河——

我梦见呀，一口吞下一块石头，却生下一个蛋，生下个蛋，我就孵啊孵啊，二十一天后，竟孵出一只小鸡来。

我梦见呀，早上醒来，揉揉眼，伸伸腰，打了个哈欠，扑棱棱一只小鸟从我嘴里飞出来。

我梦见一棵苹果树，上面结满了苹果，我爬上去，摘了一个，用衣角擦擦，就吃起来了。因为吃得太快，把苹果籽也咽进肚子里去了。然后呢，我猴子一般从树上溜下来，倚着树干睡着了。睡着了我就开始做梦，梦见苹果籽在我的肚里发了芽，这个芽就长啊长啊，长成了一棵苹果树，你提了一只小水桶，在给苹果树浇水呢。这一浇水可不得了，苹果树就噌噌噌地疯长，高高的苹果树把我举到了半空，我成了树叶间的一只红苹果。然后你扔下水桶，爬上树，把我摘下来，用衣角擦擦，张嘴就啃，苹果哎呦一声说话了。你知道了那只苹果是爸爸变的，就舍不得吃了。你把苹果放在床头，每天给它讲故事听。苹果听着听着就睡着了，睡着了的苹果开始做梦，做一个很长很漂亮的梦，一直没有醒过来……

女儿牌冰箱

　　"妮儿的裙子呢？"

　　"冰箱里。"

　　"妮儿的白雪公主呢？"

　　"冰箱里。"

　　家里的冰箱坏了，坏了两次，便懒得再修它。上层塞满你的衣服，下层放了你的学习用品。这样一来，这台冰箱就变成了女儿牌，算是家里最奇特的物件了。

肥皂泡

　　你骑在一块大石头上，晃荡着两腿，吹你的肥皂泡呢。

　　树荫底下，或大或小的肥皂泡从你的嘴里飞出来，原本已经是五颜六色了，这五颜六色的泡泡飘浮着又转动着，变幻着更加奇异的色彩。几个更小的孩子，小动物似的捕捉着它们，每抓破一个，就迸出一声欢呼，每抓破一个，我都恍惚听见一声——啪。

塑料花

塑料花，

也插进花瓶里，

也浇上水，

也让它一样生长吧。

哪吒自杀了

哪吒自杀了。

你把脸扭向窗外。

窗外一只白鸽子在飞。

你的眼里有闪光的水花。

哪吒的师父救活了他，还给他活的肉身。

你的眼睛又湿了。

小青虫

大白菜里有条小青虫。

多足，细毛，颜色浅淡。

你踮着脚尖看它。

看了它，你想要它。

于是，这个小家伙被放进了一只瓶子，享有了一片
青白的菜叶，还有一小口西红柿肉呢。

输与赢

玩扑克的时候，你总是赢，我总是输，我们俩都是快乐的。

但是我想，让你一直赢下去大概不好，然后你开始输了。

输的时候，你又是噘嘴又是嘟哝，甚至将牌一摔不玩了。

但是我想，还是不能让你一直赢下去，虽然你还不到四岁。

于是，你有时候赢，有时候输。我也是。

我赢的时候一声不吭，我输的时候乐呵呵的。

新鲜小世界

　　不抽烟已经好多年了，但烟灰缸漂亮，在烟灰缸里种下一把麦粒，不用土，不要阳光，每天用清水冲洗浸泡着。

　　你在姥姥家待了几天，回来时，麦粒已经发芽。本想拉了你去看的，慢，还是让你自己去发现吧。

　　终于，你将青绿的麦苗端端正正地放在我面前，禁不住的喜悦从你的眼里跳出来。

　　你端给我一个新鲜小世界。

勇敢的虫子

二姐送来的新绿豆也生了虫子。

一直以为，虫子是从外面啃咬绿豆的。

来看第一颗豆子，这不，几乎空了，虫子已经不见了，大概是找另一颗豆子去了。

这是第二颗，豆子的绿皮上有一处小洞，往里看，能看见有黑色的小虫，正在里头忙着呢。

第三颗豆子是完整的，圆鼓鼓的，放手里反复观察，才发现绿皮上的小黑点，轻轻抠它，破了，里面正有一只虫子。

原来，小家伙是从坚硬的绿豆里钻出来的，你夸赞起它的勇敢来了。

蝈蝈

终于给你买到了蝈蝈。放在窗台上，就让它想叫就叫吧。

我小的时候，哪里会买这些小东西。窗外的夜里，月亮底下，有蛐蛐弹琴，有青蛙合唱，至于蝈蝈的叫声，要远远听，才不至聒人耳朵。这些天籁之音，要在草莽之中听取，才是那么个意思。现在呢，你只能将就着听听罢了。

按着顺序来

冷不丁地，你又说：

"爸爸，要不，让我先死吧。"

"那可不行。绝对不行。"

"为什么呢？"

"是我先来到这个世界的，应该让我先离开才对。这件事，得按着顺序来，千万不能弄乱了。"

毛毛虫

环顾四周，竟没有一棵树。

这条可怜的毛毛虫，该是用了多长时间才行进到这里的。

我原本是看不见它的，我能看见的都是些大东西。你才四岁，所以发现了它。你说它迷了路，要带它回家，我便用一张纸片将它小心包好。这条并不好看的毛毛虫就是个宝贝了。

你给它准备了菜叶，养着它，问它会不会变成一只花蝴蝶。我说大概会吧，不过要是变成花蝴蝶它就飞走了。你连忙建议说，那就再养一盆花。

嫉妒

我轻轻抱住做饭的妻子，说，辛苦了。

你见了便生气。你是在嫉妒呢。你希望我所有的赞美和爱都归于你，我决定让你失望一下。

我说，妈妈是我的大宝贝，你是我的小宝贝。

你不同意，你说妈妈已经老了不好看了。

我说不好看了的、老了的妈妈，我也爱她。

我们随时都可以伤害它

草叶间的小花，有红的、有黄的，没有人来照看它们。

你的裙子和蝴蝶都是花的，上下左右地飞。

我石头般静静地坐着，恍惚间，不知道那边是谁在游戏谁。

瞧，你又一次小心翼翼、偷偷摸摸，猫一样靠近了蝴蝶，你成功了。

让我来帮帮你吧，柔弱的生命面前，我的大手比你的小手更温柔呢。瞧这只小蝴蝶的触须多么纤细，还有它一动一动的小身体，那里面住着的灵魂是我们不能了解的。它太小了，除非变得和它一样小，你才能和它更加亲近。

最后，你放走了小蝴蝶，它仍然在这片草地上飞，离我们时远时近，它不知道，我们随时都可以伤害它。

花朵的想法

一串红的花细长，呈筒状，只在前端开了一个小口。

一只蜜蜂钻进去，一直往里钻，再往前，就是花蕊了。

它在里面待了很长时间，肯定是吃到花蜜了。然后它后退着出来，你开始小声惊叫："蜜蜂的小屁股蛋拱出来了！"随后，它又忙着找寻别的花儿去了。

那边有黄的菊花、白的菊花，它不能定心只爱其中的一朵。

除了蜜蜂，还有蝴蝶，漂亮的自不待说，那些不漂亮的，不被你喜欢的也一样兴高采烈。甚至有一只苍蝇，自在地卧在花心里，你讨厌它，我也讨厌它，谁知道呢，也许花朵自有别一种想法。

乱七八糟的快乐

　　一堆孩子滚在一起，就应该是乱七八糟、稀里哗啦的。

　　我还从没见过规规矩矩的快乐。

　　快乐就是，哗啦一声，乱了。

深秋

菊花缤纷烂漫的时候，已是深秋了。

那一池的荷花已败落，胡乱地倒伏在水面，乱七八糟地不成样子了。只有零落的三五株还勉强支撑起残存的绿，不由得让人肃然起敬了。

你说它们不好看，我说大概是吧。

你说不喜欢它们，我说好吧。

四岁的孩子自然更喜欢四岁的事物，如果你真的爱上这一池残荷，会吓我一跳的。

你的妈妈爱你

半夜醒来，我去看你。

看你不听话的小胳膊、小腿儿，摸你的被子，听你的呼吸。

每一次都会把你妈妈吵醒。

我已经猫一般轻手轻脚了，可她的睡眠更浅、更轻。

宝贝，你的妈妈爱你，甚至在睡着的时候。

一个清晨

　　墙上的钟表都八点了，八点一刻了，八点半了。

　　终于忍不住，轻轻推开你的房门，只见被窝里伸出个大脑袋，正趴在一本大书上面，嘴里还自言自语地嘟哝着什么。

　　我连忙退回去，悄悄等着。

　　我等你把书往旁边一扔，喊一声爸爸，我就从天而降了。

小人儿

　　一个圆圈，是脑袋；两条竖线，是双腿；一个小人就算画成了。

　　那圆圈不圆，竖线不直，我试着模仿了一下，却不是那个味儿。

　　我的笨拙和稚嫩都是装出来的。

　　一个脑袋、两条腿，就是你定义的人。

　　一个人，就是要思索和行走于天地之间吧。

睡着了

　　你在你的房间大声喊我，问我睡着了没有，我说睡着了。

　　你于是说："那就睡吧。"

天上人间

平躺在地上，我就是一只独木舟，

四周的草地便是汪洋大海了。

挥动双臂，你划桨驶向远方吧。

或者那地上的落叶是一朵朵云彩，

千万别踩空了，要不就会从天上掉下来。

摸着了

今天，给你说空气。

我把两手慢慢合拢，捧起来。

你说，是手。

手里面呢？什么也没有吗？对了，是空气。看不见，摸不着，无色，无味。

你迷惑了。

我让你把小手放在鼻孔前面，吸气——呼气——再吸气——再呼气——感觉到了吗，这就是空气。

我用手往你脸上轻轻扇风。

我让你伸手去摸摸空气。

摸不着，就闭上眼睛摸。

你闭上了眼睛，万物都安静下来，你突然说：摸着了。

两枝菊花

两枝菊花，一黄一白，剪下来插进水瓶里。

你最喜欢白的菊花，也最喜欢黄的菊花。

寂宴

喧闹过后,留下一地红红绿绿的彩纸和鞭炮的碎屑,任由冷风胡乱地吹着。

门口的大红喜字也显出了孤单,虽然是喜字,虽然是两个,虽然是红的颜色。

我和你呼着白气,不说话,并排站着。

鱼缸结冰了

天气突然一冷，阳台上的鱼缸也结冰了。

薄冰下的红鱼慢慢游动，你忙喊我去看，我看了，然后抱了鱼缸放进卧室里来。

你说，以后不准让鱼儿一个人在阳台上待着。

我说，好，好。

天地一色

下雪啦，下雪啦，厚厚的雪呀！

你说想在上面摔一跤，我说你就在上面摔一跤吧。

雪仍然下着，落在手心，凉凉的；飘进嘴里，甜甜的。

怎样才能接住这从天而降的小精灵呢？

你说，用树叶。

茫茫白雪，天地一色。

一个小黑点，一个小红点，

仿佛走在虚空里，又恍惚走在高天上。

完

海桑

诗人。

曾为诗歌流浪，现依旧写诗，只是不打算向这个世界证明什么。"没有粮食，我无法生存，但是没有诗歌，我不愿意生活。"

曾出版：《我是你流浪过的一个地方》《不如让每天发生些小事情》《我的身体里早已落叶纷飞》《我爱这残损的世界》。

舒然

知名设计美学博主，自由插画师，绘本作者。曾多次赴法国与比利时参加漫画节，2019 年受邀参加法国安古兰"作者之家 La Maison des Auteurs"驻地计划。

已出版作品：《请画一下爱》《逃家小兔》。

我们只是偶然碰上了

作者 _ 海桑　绘画 _ 舒然

产品经理 _ 来佳音　　装帧设计 _ 付诗意

技术编辑 _ 陈皮　　责任印制 _ 梁拥军　　出品人 _ 曹俊然

果麦

www.guomai.cn

以 微 小 的 力 量 推 动 文 明

图书在版编目（CIP）数据

我们只是偶然碰上了 / 海桑著；舒然绘 . -- 成都：
四川文艺出版社，2023.9
ISBN 978-7-5411-6756-0

Ⅰ . ①我… Ⅱ . ①海… ②舒… Ⅲ . ①随笔—作品集
—中国—当代 Ⅳ . ① I267.1

中国国家版本馆 CIP 数据核字 (2023) 第 165023 号

WOMEN ZHISHI OURAN PENGSHANGLE

我们只是偶然碰上了

海桑 著　舒然 绘

出 品 人	谭清洁
责任编辑	王思鉉
责任校对	段　敏
产品经理	来佳音
装帧设计	付诗意
出版发行	四川文艺出版社（成都市锦江区三色路 238 号）
网　　址	www.scwys.com
电　　话	021-64386496（发行部）　028-86361781（编辑部）
印　　刷	河北尚唐印刷包装有限公司
成品尺寸	127mm×184mm
开　　本	32 开
印　　张	5.25
字　　数	105 千
版　　次	2023 年 9 月第一版
印　　次	2023 年 9 月第一次印刷
印　　数	1 — 8,000
书　　号	ISBN 978-7-5411-6756-0
定　　价	49.80 元